中村吾郎

一文詩語録

123456《ひふみしごろく》

東方社

詩集『一文詩語録』に寄せて

武子和幸

詩集『一文詩語録』に寄せて

武子和幸

中村吾郎さんの今度の詩集『一文詩語録』は「ひふみしごろく」と読むそうです。数字の１２３４５６のことで、とても面白い凝ったタイトルだと思いました。漢字の「一文詩」について想像を巡らせておりますと、一番ぴったりするのは、銭一文のささやかな詩という意味です。そのような詩を〈ひふみ〉と脇目もふらずに積み上げていく中村さんの姿が目に浮かびます。深い精神性を感じます。

　そのようなことをあれこれ考えていますと、中村さんの柔和な顔に、ある種の決意のようなものが見えてくるような気がします。過日、「ひふみしごろく」の由来について電話で訊ねたところ、六日間、一日に一篇ずつ詩を書いて、あとの四日間は休んで、また六日間書き続けることをおのれに課したからだそうです。それを一年間続けるなど、並の努力でできることではありません。その詩篇も、一行の字数を定めて、二行連、四行連等詩形を正確に整えた端正な定型詩です。その根気のいる緻密な作業は、どう見ても修行の域です。

　さらに、私は、この詩集について観察を進め、「ひふみしごろく」の数字を横書きに三十日まで並べてみました。数字六個、数字四個、数字六個というふうに区切っていきますと、規則正しいサイクルが現れます。詩集の底に、呼吸のように6、4、6、4のリズムが息づいているのが聞こえてきます。それを詩作に当てはめますと、最初の六日間、一日に一篇ずつ静かに詩を吐き出します。それから沈思黙考の四日間。その精神の深みから再び吐き出される詩。そのようなサイクルで生み出される六篇の詩、その一篇一篇の詩の底には、四日間の深みが横たわっているようです。

　このようにして中村さんの詩の深みにあって表層の事象を支えているものは、個我を越えた真理のようなものであるように思います。それは個々の生命を包み込むより大きな生命の意識。あるいは中村さんの心の中に息づく甲斐の国の悠久の歴史が、〈自在に巡る月日で／過去の修正も可能／跳んで飛んで往来〉（「ゆめ　さきざき」）という詩行の表すように、つねに現在であり未来と一つであり、自在に往来して生きることができるという時空を越えた意識。そのような自由自在さを感じとることができます。

　その時空を越えた意識は、笛吹川の名前の由来を伝える「笛吹川異聞」では次のようにうたわれます。

姿は見えない
音色がみえる
霧よりも白く
風よりも低い

確かな流れに

この音色の〈静かな流れ〉とは、おそらく甲斐の国に生き、歴史、文化を作りあげた歴史上の人々、名もない人々の喜び、悲しみ、悲惨の生が伝承となり、さらに水が澄み切るように昇華されていった典型としての流れなのかも知れません。だから確かな流れとして、私達の生を支えているのでしょう。その大いなる確かなものの存在への祈り、感謝は、中村さんの多くの詩の根幹にあります。

ささのひび

風にそよぐ
笹葉の呟き

声を求めて
歌を探して
耳を傾ける
風になびき
枝を細かく
ふるわせる
葉の身ぶり

そうだった
確かな声を
聴かないで
過ごした朝
今までの夕

なんと多い
日だったか

〈声を求めて／歌を探して〉は、詩作の行為でしょう。そのためには、個我を捨て、笹の葉のように〈静かな声〉を無心になって体を震わせながら全身で感受すること、耳を傾けることだという心構えがうたわれています。〈確かな声〉とは心に響き共鳴させる声。大自然からの、歴史の深みからの、あるいは大いなる祖霊からの確かな声。混沌とした時代の日常生活の中で、そのような声を何日も聴かずに過ごしてしまったという厳しい自省の詩の、その静かな語り口に中村さんの真摯な強い思いが滲み出ていて、私達の心を激しく打ちます。心静かに読みたい詩集です。

中村吾郎「一文詩語録」※目次

4月

7月

8月

11月

12月

表紙カバー　写真　高島鯉水子
装幀　東方社編集室

一文詩語録

123456《ひふみしごろく》

初日

澄み
光る

水に
反射

ふと
自心

流れ
遠く

残る
波石

（一月一日　快晴　木月橋）

ゆめよ　ふたたび

伊勢の細道は遠かった
その先は知らなかった

いつも往ってみたいと
思いながらもそのまま

芝原坂を通り越して先
多草川を渡るけれども

川には橋がないという
泳いで進むのだという

甲斐の伊勢路が新しい
東の空につづいている

夜明けも近いゆめ路の
続きのような朝である

（一月二日　晴　伊勢へ）

きしべののぞみ

目を　見開くと
影は　再び光り
目を　細めると
光は　み度笑う

漣は　あまたの
遠く　また近い
数々　おもいで

玉川　今多摩川
岸辺　空と希み
以後　世々人々
平穏　祈りつつ

（一月三日　晴　木月橋）

染みとおる空

手をさし伸べると
指に触れる空の青
掌を握りしめると
皮膚に染みとおる

広い広い心延えと
遠い遠い温もりと
限りない時の人々

数えきれない祈念
開く掌から全身へ
広がる新たな意志
やがて空へ届ける

（一月四日　晴　せせらぎ路）

東向きの家から

人々の影に人々が立ち
ビルの陰にビルが建つ

どれほどの人々の姿と
幾つシーンを求めたか

過ぎた月日は忘れよう

東へ向かって出勤して
西に憩わんと帰宅する
いくたび繰り返しても
まだその先の先を望む

来る歳月日を数えつつ

（一月五日　晴寒　木月大町）

こんなうたへ

高邁でないが

深みのある詩

長くはないが

味がつづく詩

（一月六日　晴　渋川並木）

つきかげよかよ

この名月の
この宵《よい》光

ひとりで見ては
もったいないね

と　夜風が
声　ひそめ
静かに通り往き
遠く夜も更ける
けれど星空
けれど　月光《つきかげ》
ひとまちがおに
まだ夜もすがら

（一月十一日　晴　木月にて）

過去は寡黙か

ひとすじ流水
葩は咲かない
葉が繋らない
鳥も鳴かない
並木路の枝枝
続く土手下を
休みなく進む
一途に五百年
往く二ケ領水
無言の歳月日

（一月十二日　曇　にごり川）

見れば　直前　直後

一心に走って来たが
直前にドアが閉まる
にこッと　ほほえみ

あッいいサ次の電車
見れば　直後に車窓

二十祭・成人式の朝
紅く燃え立つ和服姿

（一月十三日　晴　高尾駅）

四階の窓

窓は遠く
もっと
庭は遠く
さらに
遠い出口

来る日を
かつて
数々日々
数えた

退院の日

遠かった
街なみ
眼下から
一直線
今も望む

（一月十四日　曇晴　労災病院）

これは知辺

おおかたに
おおらかで
およそ大事
おトこノ語

これからの
この歳月日

この上ない
これは希み

（一月十五日　曇晴　日比谷線広尾）

一路　一途

季節の
しゅん
か
しゅう
とう

未だに路次

人生の
はる
なつ
あき
ふゆ

夢々の途上

（一月十六日　雨　一之坪）

くれない　いぶき

はざまの鉢葩は
置き忘れられて
けなげに紅々と

休みない車の往来
絶えない人声の路
急ぎ急ぐ街の時間

白い冬の日射し
一点光を反して
生々日陰の鉢葩

（一月二十一日　晴　ブレーメン通り）

木と笹の日日

小枝が揺れる
一枚一枚の葉陰
透き間を通って
そよ風が渡った

大木は両腕を
左右全開のまま
烈風は一直線に
吹き急ぎ過ぎる

眉上げて笹葉
岸辺から望んで
耳をかたむける
古木は語らない

（一月二十三日　晴曇　稲田堤）

路の枝

冬の雨が　降る
冷たいと　無言
寒いとも　無言

三叉路の中の路
路傍に立つ杉木

降り続き　暮色

翌朝の光の中に
濡れたまま古木

望めば枝　三本
中の枝に　若芽

芽の先は　虹色

（一月二十三日　雨　木月伊勢）

冬は春へ

花咲き葩は
うつろいて
露置き露の
干るがごと

遥か歌の詞
想いに湧き
甦りまして
一月も下旬

心も新たに
佳きご出発
なさった事
拝察します

今日は大寒
春遠からじ
と暦の示唆
亦いい日に

（一月二十四日　曇　岡崎先生へお礼の詩）

古都　夕風

語らう歴史
瓦屋根に闇

窓に映える
五つの燈火
薄暮の光彩

声が反射し
闇に混じり
揺する庭風

白い時間が
消えてゆく

（一月二十五日　晴　北鎌倉）

見晴かす麓

笹子峠の先
勝沼葡萄郷

近々
青空

南アルプス
広々と盆地

遥か
峡東

旅立ちの郷
辿り着く今

（一月二十八日　曇晴　勝沼駅）

冬空　夜空

この名月
こんな月
水池を巡って見ては
採ってみたくもなる

雲を背に
団団と月
誇ろうともしないで
隠れようともしない

ただ高い
ビル頭頂
あっては空前の満月
なければ悠久の満月

（二月一日　快晴　等々力池）

芙蓉の峯

白い風景の背
白い富士に雪
厚い霧の空も
海も一面の白
それでも東の
雲間に山の姿
芙蓉の峯に光

海の向こうに
遠い山なみの
稜線に浮く影
全面漂う朝霧
さえぎる遠景
靄を開く感動
江ノ島を望む

（二月二日　快晴　長者ケ崎）

忘れん響き

西の風
波立ち水を
白く変える

西の風
氷のような
雪のように

西から
伝えようと
上流から声

西から
巣立ち来た
渺々の身に

（二月三日　晴曇　多摩川上流）

呼びかけ

いま　二月
まだ　寒さ
だが　萌し

土手の上には
小学校の並木
莟が芽生える
朝会前の窓辺

南に開き人影
低学年児の顔
古い桜の小枝
室内に掛ける
季節の呼び声
歓声が交差し
児童と古木と
呼吸がかよう
三月に卒業式
四月は入学式
三月・四月は
桜花満開の春

もう　二月
さあ　準備
旭と　始業

（二月四日　晴曇寒　住吉小南路）

二つとなく

流れの先に
消えてゆく
風を追って

ふと忘れる
早春の時間
佇んだ季節

過ぎる時を

無二の言葉
今書く詩句

（二月五日　晴　渋川南岸）

多生のご縁

立ち止まった

二ことか三言
交わすことも

あることも
ないことも
あるような
車道の路肩
それもいい

あァ　惜しい
思う間もなく
信号は変わる

（二月六日　晴　旧中原街道）

帰りのみなと

盆地を縁どる
西山生まれの
憧れがかえる
東の海がある

目に御宿の浜

次は幾度かと
指折り数えて
帰省の少ない
心のふるさと

望む月の沙漠

少ないけれど

帰るたびごと
聴こえる声援
憧れ溢れる港

（二月十一日　快晴　御宿浜）

ひねもす

これでいいのか
赤い手帳に日時
記入し確か進む

日々のくらしは
途上にするのだ
結果への歳月日

なすべきことが
山のようにある
来る日この時々

（二月十二日　晴　国際交流センター）

山・川なみ

西は山なみ
東は川なみ
中ほどの流れ
二ヶ領の用水
山の里から
川の街まで
辿った百キロ
五十年の月日
ふたつの時
一つに集め
甦らす山の道
歩む川岸の路
麓も中腹も
映さない水

（二月十三日　雨晴　二ヶ領用水）

うるう年

おまけの
ついでに
プラスの

アルファー
ふとして
ひょっと
ラッキー

チャンス！

見ないで
いてさえ
廻る好日

カレンダー

（二月十四日　雨曇　木月大町）

この大杉様《さん》と九《こ》十《と》讃《さん》

名樹大杉さんの樹蔭
大きな希みと憧れと
うるわし　宮島先生

「芙蓉の峰の白雪に
甲斐の久奈原春の空
暁の鐘は鳴り渡る*」

四十四名の少年少女

七十三年のち九十歳
心温かく迎える季節
宮島先生　御蔭です

*一宮小学校運動会の歌

（二月十五日　晴曇　大杉社《さん》）

往くか戻るか途

きっぱりさがる
シャットアウト

上下線の遮断機
無人の警告音声
響かせて光点滅
急ぎつつも待つ
待つのだと自身
先へとせく自心
一瞬それぞれの
自身の顔が映る
見える自身の目

迷いに間一髪の
遮断機がおりる

（二月十六日　曇雨　春日居駅）

きく　はなし

見てもらえる
だけでも喜び

わが身のこと
多く語らない

一語　一句は
その人の一生

肯定を第一に
理解をこめて

そのとおりで
人はそれぞれ

よくよく聴く
人々のはなし

（二月二十一日　木月伊勢）

ながれ遥か

かがやきも
かげもある
急ぎすすみ
ふと留まる
乗りこえて
迂回もする
沈みかけて
浮きあがる
川波こえて
来たものを

（二月二十二日　曇　にごり川）

ねがい　葩

一　かきねもかべも
　ないこころの庭
二　枝長く咲く花は
　となりの木まで
三　つるの長い蔦草
　路に差し出す花
四　そう　こころに
　葩をひろげよう

（二月二十三日　快晴　木月祇園）

作品半生

さあさあ
　これから

いい日に
　するのだ
よく考え
　すぐ書く
かならず
　詩作品に

（二月二十四日　快晴　せせらぎ歩道）

おいかぜ

訪れるのか
立ち去るか
向かうだけ
今まで来た
このちは
追って往く
追いつきは
しないけど
―残り香―
―あと味―
―後ろ姿―

あす次の日
朝に昼に夜
ふりかえり
さかまいて
留まること
自在なのか

（二月二十五日　晴曇　津田山）

流れ流れる

流れは響き
せせらぎが
川に落ちる
川は合流し

大河に至る
水は音高く

時が重なり
日時が次々
月日となる
積もる年月
幾歳　月日

音のない時

（二月二十六日　曇雨　二ヶ領用水）

キリマンジャロ

なにがあるのか　一杯
ドリンク旨みの　中味

目を閉じ花取の一本杉
月見草の揺れる御坂峠

山山が並び笛吹の流れ
見開けば　二ヶ領の水
五百年来　岸辺の並木
吹き寄る風　幻の吹雪

想いも味も深々として
描くいのちは限りなく

（三月一日　晴　今井）

ながれつつ

ちょうど今頃
盆地に春の川
遥か美代咲川

季を前に一つ
戻して冬の川
さむざむ寒川

ひとつ跳んで
沸騰の真夏川
想い返す熱川

四季を超えて
遠い伝説の川
音響く笛吹川

（三月二日　雨　宿河原）

忘れていた一途

すすむひとすじ
急ぎの富士川波

あれもこれもは
迷いの遠い支流

先をのぞむ急流
ゴールは目の内

（三月三日　晴　差し手）

いぜん　いご

源流　だけを
過去　ばかり
数々　後ろ影

だいじな念い
さらに願いは

向かい　かぜ
寄　　なみ
近づく　おと

（三月四日　雨曇　矢上川）

のちのち願い

きっぱり計算
たしかな天気

〈雨のち曇〉
〈雨のち晴〉
数学のように
小数点以下は
四捨五入して

きっぱり計算
時間もたしか
今まさに快晴
寒い雨粒から
温暖な南風へ
「晴れ人間」
この春に変身

（三月五日　雨曇晴　夢見ヶ崎）

せせらぎのいろ

陽射しがしろい
吹く風はみどり
流れもひとすじ

今よみがえった
ばかりのように
時間が動きだす

遠い一本道の先
浮ぶ物影が黒々
たしか人すがた

せせらぎの流れ
ふと　とどまり
呼びかける波紋

光るあわだちと
みず音を残して
遠ざかって往く

めざめたばかり
あらたな時間に
めぐり逢えた朝

（三月六日　快晴　せせらぎの道）

風林火山

父は疾風
子の微風
父は静澄
子の遠雷

子の下火
父は烈火
子の雷動
父は不動

一景には
限りあり
林立の山
視界の先

父は恵林
恵み支え
子は景徳
徳の内側

（三月十一日　晴　武田滅亡の田野）

ポエムの居所

降りそそいで
降りやんで後

雲が薄れては
雲間が開いた

晴天が覗いて
晴れわたった

いそぎ廻り路
じぶんに還る

時にも人にも
左右されない

（三月十二日　曇晴　住吉）

こくびゃく

白い人かげ
どことなく
よろこびの
かげふたつ

きざはしの
かみとしも

いまいぜん
かげひとつ
かなしみの
黒い人かげ

（三月十三日　曇　住吉橋の夕）

はるかな　へんれい

遠く寒い陽射しの内
近く冷たい朝風の中
立ちつくしまします
ただ一柱神が御座す

荒れる時代を鎮めた
大杉の名と栄誉とを
遥か伝え続けた御社
古来の名はあっても
今は親しく知られる
「大杉さま」の御名

てのひらを差し延べ
翻して屏風に代える
冷たい風を遮りつつ
父祖の返礼を捧げる

（三月十四日　雨　梯立）

二と一

かるがも　二羽

あじさい　二輪

それぞれ　映る
二ヶ領の　水面

ひとかげ　一つ
見つめる　岸辺

昨年独り　葉桜
一昨年は　緑陰

（三月十五日　晴　二ヶ領水）

涌く湧く

どんな自然
どんな人々
出合っても

このさき
この後々

いく十年

横顔の数々
目に映って
次から次へ

忘れない
想いだす
ぎおん町

五十年後も
希み新たに
わくわく町

（三月十六日　曇晴　ぎおん町）

どこまで
――風の日――

かも二羽
かるがも

おしどり
ならんで
きっぱり
定め二羽

木の影も
草の陰も
水に動く
それでも
かも二羽
動かない

（三月二十一日　晴風　江川）

これから
―桜風に寄せて―

はな　さき　はじめ
〈葩〉〈先〉〈始〉
いそいで書いてみた

目を拓いて何か見た
見たような気がした
先と先の先これから
「それから」は良い
「あれから」も好い
「これから」どうか
更によいかと思えた

これから青葉が繁る
赤い実を結ぶような
季節は迎えなくても

（三月二十二日　晴風　江川）

はるさめ

あわく淡く
かぎりなく
かるがもを
すすめた水
すましがお

そのままに
淡々と漂う

季節は戻り
往く歳月日
江戸や明治
大正も昭和
みな川かみ
すぐ先にと
したりがお
何一つなく
今後もなく

かるがもを
先にすすめ
流れは淡く
どこまでも
一途川しも
平然と往く
こさめの日

（三月二十三日　曇　二ヶ領用水岸）

いちず

紆余をかわし曲折を
ひるがえして右顧し
またかえして左眄を

幾度くりかえしても
あゆみは前途へ一条

調べることもなくて
人に訊ねもしないで

想像だけをたよりに
先へ先へ勾配を登る
急ぎ急いだ蜂城の山

（三月二十四日　曇晴　蜂城）

友は雲と風の河原

話すと直ぐ返し事
応える岸辺の中空

水辺の並木に寄る
未だ薄い早春の雲
往く流れの温みを
伝える早朝の川風

チョウもトンボも
カエルも不在の岸
寒い芝堤防に誰も
いないから訪れる

呼び声は応えの前
応えは呼び声の後

（三月二十五日　快晴　宿河原）

スケッチ幸

白い陽射し
紙面に注ぐ

黒いペンで
細線を描く

陽光が撥ね
染みとおる

眼の内まで
細かな記憶

蘇り湧き出
微笑になる

（三月二十六日　曇晴　今井橋）

ひとりごと

あたりまえに
人それぞれで

肯定を第一に
理解を籠めて

自身の雑報は
多く語らない

聴いてもらう
人はたいせつ

一語　一語は
その人の一生

よくよく聴く
人との語らい

（四月一日　曇雨　木月）

「おれいのことば」

——文具店の先輩へ——

ありがとうございます
昨日も　五冊のノート
一緒に　毎度健康笑顔
重ね　いただきまして

〝コロナ〟のニュース
来る日もくるたび続き
止まないこの頃ですが
何が何でも元気で百歳

休日は　せせらぎ歩道
二ヶ領用水　岸辺の路
散歩　体操　買い物や
健康運動してください

（四月二日　晴曇　住吉通り）

ちとせのかげひかり

――風の井田三舞――

陰をひそめつつ耀く
十階建ての白いビル
白い無数のガラス窓

花びらが舞い寄せる
ソメイヨシノの吹雪
千歳の葩と令和の光

（四月三日　晴　井田山）

ある　春景

桜散るせせらぎ

旧式のカメラで
記念写真を撮影
一人の男子生徒
二人の女子生徒

「親は来ないが
卒業式終わって
これから別別の
入学式だよね」

流れにはなびら

（四月四日　快晴暖　せせらぎの道）

ないない岸

かぜもなく
日陰もない
騒音もなく
ウイルスも
来ない岸辺

いつもどおり
気にしないで

ゆらゆらゆら
と領水が渡る

気兼ねなく
心配のない
ようようと
あたりまえ
漂う水の面

（四月五日　晴　二ヶ領用水）

おわりはじめ

葩さくら舞い
季節がうつる

ともに急いで
とどまらない

若葉は繋って
空を風が渡る

葉は色を増し
霜にくれない

（四月六日　晴　今井の桜）

ふと　吾に

音もなくて
陽は東から

ゆるやかに
西から東へ

一図すすむ
波せせらぎ

（四月十一日　曇晴　せせらぎの道）

どこまでも

ツバキ　サツキ
キョウチクトウ
春があふれ夏も
いっぱい一年中

夢があって生長
背延びつづける
椿といい皐月と
いい夾竹桃とも

揃う若々しい葉
雨上がりの東風

（四月十二日　雨曇　等々力）

まだ待つ先つ

左から右から
小滝壺に似て
落下する流水
それでも用水
二ヶ領用水は
悠々然と進む

遠い先までも
爛漫の季節を
追いつづける
無数の花びら

水に浮かべて
流れは南東へ
置いてきた光
忘れていた陰
それでも悠然
季節の先々へ

（四月十三日　雨　二ヶ領水）

としつきひ

ゆららひらら
クロガネモチ
わかばあおば
岸辺もみどり

これからも
かぎりなく
これからは
どこまでも

置いてきた歳
月日は多くて
ゆらめきつつ
そっと　拾う

（四月十四日　晴そよ風　江川岸）

せせらぎながら

流れているのか
流れの名に似て

細やかゆるやか
陽ざしみなぎる

目だつ樹も花も
影もなく溢れる
水面のゆたかさ
ノビル　レンゲ
ホタルグサ数々
過ぎた秋草さえ
あふれるばかり

水かがみに映る
かぎりない想い

流れているのだ

—水みずから—

（四月十五日　晴　せせらぎの道）

こち　吹く

もえぎいろ
積む歳月日
いま鮮やか
初夏あお葉
紅葉けみし
枯葉たえて
今いくたび
ふかみどり
何気ない歳
遥かに月日
たどり来て
ふかみどり

（四月十六日　晴　等々力緑地）

はやいあさ

—ふたたび吾に—

ゆるやかに
日は東から
おともなく
西から東へ
ひかりつつ
波せせらぎ
やすみなく
朝から夕べ
波のように
念うばかり

（四月二十一日　晴曇暖　せせらぎの道）

幼どち

——かる鴨幼児——

小石を投げる
「あぶない」
と言わないね
翻る背中の星
スターマーク
小石遊び兄弟

ボールもなく
バットもない
掛け声出して
小石を投げる
それでも鴨は
近寄ってくる

（四月二十二日　晴曇　二ヶ領水）

語彙

閑かな声です
鳥には鳥語が
虫には虫語が
ありますから

草には草語も
木には木語も
あるのですね

人間語だけで
話しかけては
すみませんね

風の伝言です

（四月二十三日　晴曇風　井田山）

緑陰

岸辺にひととき
東を望んで立つ

みどりが深まる
一段と陰が濃い

〝思うことより
動くこと先ず〟
無言だけ残して

一瞥したが直ぐ
渋川も東へ進む

自らの軌道こそ
確かめて流れる

（四月二十四日　曇晴　渋川）

岸辺の蓬

——ゆららひらら——

しばらく
悠楽りと
飛来りと

そののち
しずまり
とどまり
動かない

風だけが
遠く遠い
涯までも

（四月二十五日　曇風　矢上川）

モンスーン

——二ヶ領水と近景——

いそぎ近づいた
貨物車とコロナ

キョウチクトウ
ツツジの赤い葩

緑の風は寄せて
よどみにしずむ

ただ光の陰だけ
映してたゆたう

緩やかに遠のく
春風とウイルス

（四月二十六日　晴風　三舞町）

遠いみずかがみ

——昭和の日の後に——

さつきさくら葉
葉陰に風吹けば
流れるみず面も
しばらくよどむ

急ぎにいそいで
流れ寄せた一枚
よどみに浮かび
こずえをあおぐ

（五月一日　晴　伊勢橋北）

月かげ白く

見上げれば白い
夕方の空である

みはるかす白は
川の流れである
中ほどに漂う白
靄状の風である

川上から漂着し
今　川岸に住み
のち夜空へ還る
軽い自身である

見上げれば笑う
目に似た月の影

（五月二日　晴曇　二子玉川）

雨ぞら　よ空

遠ざかってゆく
近づいてくる
形のないものの
中に色がある
色のないものも
中に型がある

見えるものだけ
捜して過ぎた
雨が止んだなら
形も色もない
ものさえ捜す朝

（五月三日　晴　井田山）

わき目も

芝草と名づけて
緑の色だけ見た
青空を呼んでは
青さだけを見た
遠い日日だった

草の一葉木の枝

望めば限りない
空の深ささえも
知らないで急ぐ
一途の日だった

（五月四日　晴　木月伊勢）

みずも
——自らに——

ここまでも
このさきへ
どこまでも
黙って進む

おだやかな
いきづかい

細々と流れ
確かに進む
ひとすじに
やすみなく

（五月五日　晴　渋川）

薫　風

横に舞い散る葉
東から西へ翻り
さらに上へ向き
梢の陰に消えた

青い蝶に似た葉
さだめに似た風

落ち葉と呼ぶも
惜しまれる葉桜
横に舞い去った
若葉のまま一枚

（五月六日　曇　巽橋）

みどりとくれない

深いあじさいの緑の葉
紅いつつじの花のいろ
眺めながらそっと願う
腑甲斐ない自身を念い

どうしてもどうしても
無益なことの多くあり

これからはこれからは
無益以上の無益の為に

（五月十一日　晴　にごり川）

こずえに　わかば

まったく動かない
何一つ変わらない
品位の葉を翻して

〝昨日のままで〟
〝先月と同じに〟
〝昨年どおりだ〟

憧れをいだきつつ
羨ましいようにも
頼もしくも思って

往き帰り見上げた
井田三舞の一本杉
梢に若葉がそよぐ

（五月十二日　晴　井田三舞）

味

懐かしさのような
思い出でしょうか
もっともっと先の
〈夢よもう一度〉

そうだったのかと
ふと思ったのです
でもいつもいつも
夢以上のゆめです

もとめて期待する
その先の先ですか
過ぎたことよりも
〈夢のまた夢〉

（五月十三日　晴　新緑の木陰）

四千倍の初志

小骨つき一片
切れ端の身鯖
運び運び進む

運ぶは蟻二疋
砂場を越えた
芝布に入った
植木の根元へ
二疋は一つ力
一匹になって
南へ南へ進む
骨は剥げ半分
体長の百倍も
高い縁石から
落ちても依然
離しはしない
二ミリの蟻は
体長の四千倍

八メートル先
巡って廻って
遂には暗渠へ
深々と消えた

（五月十四日　晴曇　等々力緑地）

ひかげ

なみ波と地上根
盛り上がる芝草
私はどこにいる

空に梢を広げて
枝葉の緑を開き
日陰を招き集め
若草叢を見守る
槻に寄せる夏風
凹凸の烈しい幹
私はここにいる

（五月十五日　晴　多摩堤防）

ながれ　くる

山茶花ですか
いいえ季節が
ちがいますね
では牡丹かな
岸辺の花では
ありませんね

　流れ流れくる
　一ひら二ひら
　あかい花びら

当然のようで
偶然のように
運んでくれた
奇妙な水と風

岸のひととき
幸運のような

（五月十六日　曇雨　渋川）

とわの　く

――甲斐の山と丘シリーズ――

春の野に
芽麦を誘う
陽炎よ

芽麦は誰で
陽炎は誰か
尋ねること
ないままに
過ぎた季節

訊ねるすべ
すでに今は
ないけれど

（五月二十一日　曇　峡東）

麦と草

少年の足で踏み続け
往って戻りまた往く
芽麦を踏みながらも
西を望んだ甲武信岳
時の向こうの野麦峠
黙って声かけてきた
探し尋ねた女工哀史

足に絡んだ　草の葉
くりかえす　重さに
いくたびも　倒れて
聞こえた草の葉の声
遥かなホイットマン
今も続いて止まない
あいらんどヒル農道

（五月二十二日　曇　久奈原）

ふようのみねの しらゆきに

あなたにもどなたにも
きっとおありでしょう

はじめて聴いたこころ
おくふかく染みとおる
不思議に今も忘れない
よくよく深い意味など
分からなかったけれど
なぜかこころに残る歌
その日のこころのまま
念いを生かして歳月日

やっとのこと今日から
念いあらたに進みます

（五月二十三日　曇　甲斐連山遠望）

ふしょうふずい

——二ヶ領水——

領水の流れと
倶に今も往く

尚も進む人影
今もあざやか
以前より感慨
ふかく見送る

遥か人ごころ
忘れはしない

（五月二十四日　晴　二ヶ領水）

ぎおんのこ径

左は躑躅なみき
右がツツジ並木

中の路は土の径
五月の風は中の
路を南から北へ
したむきに一途
知る人なく渡る
躑躅やツツジも
揺れてなびいて
風のあとを慕う
土の径の先は川
続く多摩の流れ
緩やかに東西へ
風は川波に乗り
東の海の先へか
いいえ波に光を
添えて西の山へ

（五月二十五日　曇　きづき祇園）

岸辺から

渋川の上流のような
梢高い欅葉のように

低く高くゆらめいて
さざめきひるがえる

遠景の先端に人の影
確かな自然のなかに

（五月二十六日　曇　渋川）

二いろの空

都会は雨が
降らないか

ビルの間に
わずかな空

雨風の通り
路もなくて

雨合羽には
ゴム長の靴
空に向かい
荷物を押す
峠を下った
芝草の坂路

(六月一日　雨　小杉ビル遠望)

ひとりごと

これからは
こころこめ
よい日多く
きっと好日
むかえます
ねがいつつ

(六月二日　曇　「年表」の日)

一枚と一人

群がる青葉の内で
ひらり
一枚が舞い散った

落葉は
跳んで転び去った
一瞬の
病んで青ざめた姿
残して
暗渠の中に消えた
友達よ
転がる落葉の一人
一人は

群がる青葉に似て

（六月三日　晴　二ヶ領水）

こころ　こめて

そよろ　そよろ
吹かれているが
ゆらり　ゆらり
流されているが

そう見えるけど
そうサ　本当は
風を受けながら
流れているのに

（六月四日　曇　矢上川）

スズメ目

違っていますか
いいえ
同じでしょうか
そうです
郷土山へ飛んだ
むくどり

多摩川に向かう
ひよどり
同じでしょうか
いいえ
どこか違います

山と川の
間に山の高さと
水の流れ
西東の違いでは
ないかと
そっと想います

（六月五日　曇晴　丸子橋）

みちのべ

なつかしさですか
想い出でしょうか
もっともっと以前
ゆめのなかの過去
ゆめよ　もう一度

ふと思ったのです
なぜか　ちがって
ゆめよりもねがい
こめて辿ってゆく
一途な歩みですか

（六月六日　曇晴　夢見ヶ崎）

人ごころ

目を見開く
金と銀とは
人それぞれ
何にみえる
かと考える

〈金と銀との
　くらおいて〉
『月の沙漠』
の詩人はふと
何を想い描き
謳ったのかと
想像の前方に
思い巡らした
〈金の鞍には
銀のかめ〉
〈銀の鞍には
金のかめ〉

希みと願い
祈りと望み
途をたどる
人ごころに

憧れをみる

（六月十一日　晴雲雨　もうすぐ御宿）

つきひのうた

月ごとに日ごとに
時は生まれ変わる
たびごと私の詩《うた》も
生まれかわるよう
あざやかにしたい

想いつつ念いつつ
新緑の笹葉を望む

ああ　私の作る詩
季節にも新緑にも
後れて進むばかり
うたごころは新た
あざやかにしたい

繰り返し思いつつ
新鮮な青笹に寄る

（六月十二日　曇晴　渋川）

眺　望

どこからでも
スタートする
どの場所でも
ストップする

これから出発する車
今　走り終わった車
自転車が並んでいる
シェアサイクリング

いささか違い
どこかが同じ
預かった時間
決まった空間

（六月十三日　曇雨　木月大町）

はしのたもと

行く先が待っていて
いつも心急く日曜日
たびごと待っている
いつもの路を　進む
橋を渡り東へ向かう

心せわしいようでも
なんのこともなくて
ちょっと　為事ずら

四百年　そう五百年
江戸の昔から現代へ
何があっても常々に
東へ東へ進んで一途
二ヶ領水が目に映る

（六月十四日　雨曇　伊勢橋）

一之宮御手洗川

貴い想い
尊い念い
遥か延延
仰ぎ見た
幾十年の
清い流れ

橋桁に掌を捧げ
閉じた目を開き
静かに拝む水面
高鳴る心の声音
初めて心伝える
みたらいの神水

畏れ多い
御教導は
見えない
が映える

目がしら
人影人情

（六月十五日　曇晴　一之宮）

そよぎ戦がない

そっと樹を見る

見えない風に
そよぐ
見える樹の葉が
そよぐ

はっと　省みる

見える風には
そよがない
見えない枝葉は
そよがない

（六月十六日　曇晴　伊勢森）

みな底

確かに
ひびく

みな面
すべる
微かな
あし音

みみを
傾ける
そうさ
音一つ

ああっ
百年の
時間が
往く音

確かな
ひびき

（六月二十一日　晴　二ヶ領水）

なかぞら

わずかな空
はざまの雲

ビル街の空
たてよこ角

じっと望む
西方の空間

南アルプス
山につづく

時を隔てた
おなじ綿雲

（六月二十二日　晴　小杉）

うつろい

さみどりが
きみどりに
新緑ののち
深緑へ移る

ほのぼのと
さわやかに
ゆるやかな
ひとごころ

緑陰に涼風
風に遠い声
合わせ小声
歌にかえる

（六月二十三日　雨曇　井田）

つゆぞらはれたら

つゆ霽れの青い西空
芝草の青葉青い繁み
岸辺に寄せる波の瀬
遥か山に青い春の日
流れの先に多摩河口

向こうは東青い海洋
さらに向こう青い雲
海空は広々と遠々と
深い青さが待つ東空

青から青へ西から東
つゆ霽れの多摩川は
青い春の月日なかば
重ねてまた重ねても
青空の念いは幾歳月

（六月二十四日　雨晴　多摩川）

かつて東西南北
――地名を尋ねて――

あとかたもなく
どこにあったか
本みやこの地名
確かにその北側
北みやこの地名
訪れたずねても
全く分からない
けれどみやこの
北に小城があり
西は小型やしろ
南が名高い金田
訊ねる人もなく
東京の路を辿る
今あゆむ確かさ

（六月二十五日　晴曇　東原）

瀬の亀石

尋ねても
尋ねても
そのさき

招いても
招いても
限りなく

樹の下影
水の流れ
文月へと

（六月二十六日　曇　二ヶ領水）

いちず

以前学んだ
再度学んだ
真っ直ぐに
流れ進む川

遠い時間も
紆余曲折も
今は忘れて
流れを望む

一筋の流れ
なにもかも
眺める人と
違って一途

（七月一日　曇　多摩川）

ねがいつづいて

笹子峠を越えた
古仏峠を越えて
甲州街道を東へ

ここまで舞いつ
ゆらめきひらり
来た　もんしろ

葉から次の葉へ
枝から先の枝へ
休まずひらめく

くれないの花も
じゅんぱくの花
花ではなく枝葉

みどりを求めて
どこまでも先へ
ゆらめき辿る蝶

（七月二日　曇晴　今井川）

はるか雲のみね

――連山に呼びかけて――

山裾と向きあい
峰々に風を受け
山頂は語りあう

「いいずらね」
広々遠くつづく
蜂城やんの麓は

（七月三日　曇　遠景の西山）

残した人叢

葉の下かげに
歩みを止めて
見上げた人は
何人だったか

ほとんどない
小張り竹の林
なにもなくて
なにかを残す

竹藪の小枝や
さらさら笹葉
忘れた幾歳月
過ぎていった

残した人々の
微かな念いを
伝えて辿る風
藪陰の廻り路

（七月四日　曇　東原）

かぜかぜ月日

かつて西から
東へながれた
いまは東から
西へとわたる

姿のない風は
同じだったか
訊ねるすべも
応えもない風

何十年前同様
同じ日同じ時
四百年来の川
二ヶ領の岸辺

（七月五日　曇　二ヶ領用水）

まいはま　は

風が落ちた海
連なる潮流は
見渡すかぎり

曲折から直り
視線は一直線

はるかな一面
真っ直ぐな光
真っ平らな海

（七月六日　雨曇　舞浜）

しばくさ　へ

吹く風そよぐ葉
なにも変わりは
ないが昨日今日
芝河原の風景に
つづく寄せる風

念いを励ます私
草のもとへ寄る

葉をひるがえし
穂先を躍らせて
一心こめて葉先

一本一本そよぐ
芝草一面の風景

（七月十一日　曇風　多摩川）

まなざし

風ならそよ風
波はさざなみ

光ならほのか
野は広びろと

四季の希みは
穏和な眼差し

（七月十二日　曇風　伊勢町）

遠く近くハイネ

「わたしは支柱を
失った若枝です」

友シュレーゲルへ
向かい言いました
「ぜひ言葉の支柱
与えてください」
そう懇願したのは
北海の夜曲の詩人
ハイネと言います
果報で幸運な詩人
ハインリッヒです
恃むこころがあり
頼む人がいること
支柱のない蔓茎草

ヤブガラシの下を
にごり川が流れる

（七月十三日　にごり川）

ふかみどり

甲斐上野原
朝風を受け
桂川の流れ

緑の蔦葉
緑の竹藪
緑の山裾

降りて辿り
味わうより
車窓の夏風

（七月十四日　曇　上野原）

なみき

較べはしない

相違は見ない
前方遥か望む
困難を察して
未知を讃える
先を往く樹林

（七月十五日　曇　今井並木）

かぎりなく

急ぎに急いで
はっと気づく
どこまで先が
そんなことは
ないと思って

どこまで勉強
遠いらね実に
前へ前へでも
着かないらね

（七月十六日　曇　国際交流館庭園）

こだまかな

日が照ると
明るいとも
暑いとも言う
風がそよぎ
涼しいと言い
寒いとも言う
東から昇る日
通り過ぎる風

いつまでも
どことなく
心をよせる歌

くりかえし
くりかえして
忘れていても

口ずさむ人が
どこかいる歌

（七月二十一日　曇　等々力）

かるがも

ゆらゆらと
それでいて
ゆうゆうと

身動き一つ
確かな月日

五百年来の
流れに浮く
独り身の鴨

（七月二十二日　曇　渋川）

はなみ

オレンジ・カラー
くれないのひかり
みな　それぞれに
よい　がホワイト
白いひかりは一番

清められたような
洗われた思いにも
白い歯にすくわれ

白日　さわやかに
日々　すこやかに
ひかる白いはなみ

何を食べても良々
何を飲んでも好々
良好の笑みはみな
ひかる白いはなみ
ホワイト・カラー

（七月二十三日　曇　小杉）

ほんね

水の流れは水の
吹く風には風の
かる鴨の羽音も
他にない響きが
きっとあるので
おわびをします

サラサラピュー
パタパタなのか
ああオノマトペ
自体自身に直接
たずねてみたい

察してあげた今

（七月二十四日　曇雨　二ヶ領用水）

ちえと　ちしき

蒼い実を青いと
見ている人の目

どちらが美味か
本当の味覚の目

蒼い実を赭いと
知るか野鳥の目

桃の枝葉に群れ
呼ぶやますずめ

（七月二十五日　曇　北塚）

あしおとかまくら

参道の詰まり銀杏
もののふ池に舞殿
葉陰を縫う遣り水
二十五坊角に石碑

手繰って尽きない
果てもない寺の音

海を引き寄せては
山を背負って立つ

鎌のかたちに開く
八百年のいにしえ

（七月二十六日　曇晴　鶴岡）

羨　望

さくら葉は繁り
あお葉は溢れる
みどりの長雨は
とめどなく打つ
凪さえもさそう

打たれて梢の葉
二・三枚あお葉
かすかにそよぐ
だが揺れない枝
樹幹は動かない

（八月一日　雨曇　今井並木）

かなた

なんとなく
ただよって
どことなく
消えていく

かぜかすみ

無心の様で
一心に動き
念いを籠め
去っていく

見事ですね

（八月二日　曇　矢上川）

夏は果敢

きっぱりと夏が来た
燃える陽は白く射す

林立する高層ビルは
雷雲を招きつづける

遠景の電車音さえも
熱気を撒き通過する

長期の梅雨が霽れて
音が鳴るような夏だ

（八月三日　晴暑　小杉台地）

のぞみ　かぎりなく

どこまで往っても
どこからでも見える

同じように眺めて
同じ雲にちがいない

心極め望めば広く
限りなく遠く見える

さえぎる樹木枝葉
人影もない農面道路

時間は限りもなく
人の世は広々と遥か

（八月四日　曇晴暑　お伊勢道）

草の花よ

草の葉と言い
草の根と言う
草の名はない
讃えて言って
野道の草花よ
呼びながらに
ペットボトル
水を注ぎ再び
野草の花よと
声かけて帰る

心残りを詩の
言の葉として
こうして標す

（八月五日　晴暑　芝原）

日のあした

風吹き寄せ
雲は棚引き
時機は遠く

雲まは霧に
凪のち霽れ
祈りは確か

希み近づき
念い目の前
好機の訪れ

（八月六日　曇晴　木月伊勢）

あおさの夏

伊勢宮の夏
本都分の芝
葭原田の蚋
置いてきた
季節はみな
染みる紺碧
直射の陽光
汗みどろの

苦く笑った
夏空だった
炎天の許に
深緑の恩恵
眉を上げて
そっと想う

（八月十一日　晴　伊勢橋脚で）

夏の帰途

からまつ
いちょう
けやき
やなぎ
重なって
遠い景色

さざなみ
せせらぎ
白い光

夏の川
足もとの
遠廻り道

（八月十二日　曇晴　長谷）

せみ時雨

同じ
と決めて
確か同じ
違う
と思えば
全く違う

同様
巡る季節
相違
心の日月
招く
幾歳月日

（八月十三日　晴　今井並木）

ブラック・エポック

黒い　日傘の青年
黒い　長袖の女性
快晴　八月なかば
ブレーメン大通り

黒　以上を求めて

『赤と黒』
『黒い福音』

『黒白の踊り』
各時代の名作群へ

（八月十四日　快晴暑　ブルーメン通り）

きせつのさき

青い深み
白い直射
夏空の光

何を探しつつ
残してきたか
目にまぶしく
真っ直ぐには
見えないもの
ばかり溢れる

熱を収め
光を返す
夏空の先

（八月十五日　晴　井田）

よしの　山みち

ああ
想い出しました
丁度
きのうのように
山路
登りつめまして
左右
分岐・右側です
素朴
さながら峠茶屋
そう
それこそ西行庵
想い
今まだ巡ります
是非
お尋ねください
道々
気をつけられて

（八月十六日　晴　歌の友へ）

つねづねに
――ある詩人の作品に寄せて――

月日は念い
ともに往く

行き進んで
かぎりなく

ともに先へ
果てもなく

（八月二十一日　晴曇　木月）

思いようで

人の住む世は空の下
雨の降る日は雲の下
決めてきたこれまで
過去の上にこの途が
失敗の上には晴天が
あるとこの先考えて

野の煙は下から上へ
山路は麓から頂上へ
帽子を上げ眉上げて
考えようでマイナス
思いようでプラスへ
この途のこれからは

（八月二十二日　晴曇　西の連山遠景）

ひそかな夢

推敲すれば
するほどに
よくなる詩

一編書いて

原稿用紙を
二百枚とは
〝ぱあ〟で
ないのかと
言ったとか

ある博士の
心に残る噺
言われた人

山之口貘様
三十年後も
感心ですね

（八月二十三日　晴曇　川崎図書館）

ゆめ　さきざき

来る日過ぎる日は
一日毎に呼応して
想い余る時ばかり

隔日に跳ぶ日時も
あるといいのだが
月日は一途で誠実
近づいて遠ざかる

今日の次は明後日
一気に進めるなら
と　念う日もある
回想と予想と仮想

自在に巡る月日で
過去の修正も可能
跳んで飛んで往来

（八月二十四日　晴曇　木月）

過ぎないまま

よどみでしょうか

水溜まりでしたか
じっと動かない水

やっと見ています

きめたらそのまま
久しく動かないで
居たいとおもう心

なにか見えました

はるなつあきふゆ
よどみないつきひ
はっと甦りました

（八月二十五日　晴曇　今井）

眼の暑気

どこから来るのか
真っ直ぐ空を見た
右手を陽に翳して
直射を避けながら
眼を南の低い空へ

湧き立つ鋭い乱雲
輪郭から直角な熱
空へ突き返しつつ
思いっきり力んで
地上へ眼光を注ぐ

（八月二十六日　晴曇　井田）

遠く来て　また遠く

（確かにそうずらに）
思いつつ聴いていると
「川の流れは水だよ」
長い歳月　工業技術を
誇ってきた愚弟が言う

（それはそうずらに）
兄だから聴いてあげた

言いたいことは　全部
言い故里へ置いてきた
だから言葉にしない今

「この水底は深いら」
きらり　眼を輝かせて
また化学の話をする弟
「水源は甲斐の笠取山
河口は東京湾ずらか」

「そう　はじめは甲州
先は太平洋　大気さ」
力説の高声を黙々聴く
見つめる水中には藻草
川は遠々百三十八キロ

（九月一日　晴曇　多摩支流）

うしろかげ

木月橋を渡って
車一台遠ざかる
かつて日川橋を
渡る車の後ろ影

水の流れも同じ
月日の流れさえ

近づく姿は薄く
遠のく影ばかり

（九月二日　晴曇　木月）

日・時

追って
追われ
待って
失った

ふたたび

待つのか
今までの
地上の時

この後
心の日
待つ間
惜しみ

（九月三日　晴曇　今井）

ささのひび

風にそよぐ
笹葉の呟き

声を求めて
歌を探して
耳を傾ける
風になびき
枝を細かく
ふるわせる
葉の身ぶり
そうだった
確かな声を
聴かないで
過ごした朝
今までの夕

なんと多い
目だったか

（九月四日　晴曇　今井川）

しろもくれん

遥か　春の中庭に
白木蓮の花開いて
今まだ目の内側で
いろ鮮やかなまま

病院帰り　街角で

閉店前のドアの先
そっと目に映った
花図鑑のぞっき本

「ああ　贈ろう」
山の花ずき跡取り
写真の花だけれど
喜んでくれるから

（九月五日　春曇　ブレーメン通り）

風速　空前

——台風10号——

頭上は晴天
前方の暗雲
後方の乱雲
背後に迫る
疾風は熱気

疾走全力で
抜け出すか
超大型台風

敗れ浴びた
瀧壺の飛沫

天外の絶大
ずぶ濡れを
総身で知る

（九月六日　晴雨　井田）

かわら石

よかった
こうして
ここまで
辿る途々

数えきれない

並樹の景色と
いのちの流れ
教え下さった

尽くせん
人毎時毎
巡り合い
お陰さま

（九月十一日　晴曇　宿河原）

のちのはる

急ぐ時代の
早々枯れ葉
古木の願い
新たな望み

廻り巡って
確かな深緑
若葉青葉の
再生の機会

（九月十二日　晴曇　伊勢並木）

たまさか

幸運にも
生まれて
辿った今
偶然にも
疫病にも
積年の弊
怖じ気も

怯みなく
前進途上

（九月十三日　晴曇　住吉往来）

さかのとじ

遠々と坂道
白い病院の
窓が見える

傍らに二本
わすれな草
名前のまま
どこまでも

坂道の途次
雑草すがた
二本が好い

（九月十四日　曇　井田北）

彩り　もう一度

深緑色の粳葉が
奇妙に白かった
黄土色の水田が
白く眼を射して
鋭く照り反した
何もかもが白く
唯眩しいだけの
単色の夏だった

澄みとおって今
田草川の水面は
新た九月の季節
岸辺に笹葉の緑
青空の澄んだ色
鮮やかに拡げて
緩やかに淀んで
多彩に光を反す

（九月十五日　晴曇　田草川）

なみの　えがお

うれしいらね
かんすけやん
さざなみだつ
なみ立つ波波
なみのえがお

二ヶ領水の流れ
どこもかしこも
二つの目が笑う

上流は甲斐史
山本勘助やん
隻眼だけんど
笑う人このみ
今も波に微笑

（九月十六日　曇晴　二ヶ領水北岸）

似て　似せて

水面を泳いで
いると思えた

水中を歩いて
いたのだった
かる鴨が往く
進めば濁る水

浮き立つ沫泥
染まる水の色

よどむみなも
確かな二本脚
歩みを進める
全く人の歩行

変わりはなく
何処まで往く

（九月二十一日　曇　二ヶ領水西北岸）

超少年野球

絶叫が走る
打球が後に
付いて飛ぶ
打者が走る
投球が後に
送られ着く
速くて早い

投打も送球
動きは一瞬
駿足で長打
と迄は未だ
けれど敏速
投球を足と
眼光で追う

（九月二十二日　晴曇　住吉校）

春待ち木蘭

今秋拡がる
木月の並木

気を和らげ
葩開く木蘭
葉を繁らせ
季節を飾る

四季は巡る
春の用意を

蕾を授かり
静かに開き
陽の助けを
頂き明日へ

屹度確かな
次の次も春

（九月二十三日　曇晴　今井並木）

つぶやくオヒシバ

これからで
これからだから命
引き抜かないで草
Z字はまだ
その前のYとかX
さらに前のWやV
字の型の草
命を開くシバの草
オヒシバメヒシバ

アルファベットは
二六文字ですから
二六年間は
どうしても生きて
お役に立ちたいと
いいますか
人生一〇〇年時代
オヒシバ二六年間
いいですか

だからです
引っ張り引いても
抜け出せませんが
お役に立ち
生きていいですか
命の命じるほどに

（九月二十四日　曇晴　三舞路）

カラーよもう一度

深緑色の　稲葉《うるち》が
奇妙に　白かった
黄土色の　田水が
鋭く　目を射して
白く　照り反した
眩しい　ばかりの
単色の　夏だった

田草川の　水面は
澄みとおって　今
遠い季節の　九月
岸辺に　笹葉の緑
鮮やかに　拡げて
穏やかに　淀んで
青空の色を　映す

（九月二十五日　晴曇　田草川）

むかうのさと

いつか　いつか
と　思いながら
寄ることもない
ただ横目に見て
通り過ぎて来た

緑陰を風が渡る
芝草に樹も多く
なぜか人影なく
きっと　いつか
と　思いつつも
未だ　寄らない

（九月二十六日　晴曇　生田緑地）

二つの秋空

かすかな風に
眉をあげた先
南アルプスを
羨ましく見た
西風は涼しく
細目を閉じる

遠い秋空近く

わずかな風に
汗を拭いつつ
西方の秋空を

にっこり望む
東風は西山へ
目を打ち開く

（十月一日　晴曇　新城）

長く　円く

いいお名前
「おもと」
幸運ですね
路傍に青々
幾年も厚葉
変わりなく
通り過ぎる
人脚を休め
激励を受け
讃えられて
歳月を重ね
新たな日へ
いのちの葉
「万年青」

（十月二日　晴　二ヶ領水　伊勢路）

忙中の閑ですか

鐔長の帽子をかぶり
度の強い眼鏡を掛け
小粒の目を益々細め
春は桜を眺めてきた
鐔のない帽子もとり
眼鏡も勿論はずして
秋の桜葉をしずかに
自然な目でながめた

ああ　なんと美しい
ひそめていたカラー
紅いラインの幾筋か
初めて見る秋の葉桜

（十月三日　晴　二ヶ領水　等々力並木）

ウスギモクセイ

ふと　見わたす
だれも　いない

何も　見えない
それでも気配が
誰かの残り香か
満ち　あふれて
ゆかいな気分に

止んでいた秋風
また静かに吹く

（十月四日　曇　二ヶ領水　木月伊勢）

離ごう集さん

昨日は過ぎた
時代が移って
社会は変わり
人々は集まる

また離れては
また繰り返す

そうではない
それがいいと

次の世のため
新しい時代へ
新たな世界へ
別れて集まる

（十月五日　曇晴　新内閣の日日）

〈芙蓉の峯〉歌

行進が終わる
優勝旗のない行進
一年間は長い
優勝旗を目指して
巡る秋は遅い
次期大会まで幾月

次の体育祭へ
一日さえ遠かった

優勝旗の夢と
待つ日が青春の日
鍛えて重ねる
芙蓉峯背に練習日
大会行進歌で
呼ぶと木霊が返る

（十月六日　晴　西山へ向かって）

詩友・心友

「ぜひ是非とも」
落葉並木の行く先

昨日は台風の大雨
川波が心配だった

雨が止んで日曜日
霽れて午前十時半

もうすぐ陽の差す
二ヶ領水へ渡る橋

岸辺で牛乳を一本
求めて川波と乾杯

（十月十一日　雨曇晴　今井橋）

風かぜ　少々

陽射しの中に
ゆらり　枯葉
細い枝の端に

季節は過ぎて
止まる蝶さえ
いない桜並木

待てまだまだ
日暮れにまだ
暫く時がある

励ます念いで
声を抑えては
見つめる枯葉

すると　偶然
吹く風ぴたり
止まっていた

（十月十二日　曇晴　小田中道）

しわぶき

咳が一つ出た
いやだいやだ
二つ咳が出た
コロナ禍かな
いやだいやだ
と言いながら
ふと　思いに
浮かんだのだ

人間が自然に
人々が世界に
対しどうして
きたか過去を
未来に拓く型
旧い自分自身

果敢に超えて
いかなくては

（十月十三日　曇　木月夜道）

ゆめみがさき

――畳語のうた――

かたちはない
おもさもない
いろさえない
ないかあるか
そんざいさえ

だが限り無く
寄せる風の声

大々と広々と
いろさまざま
現在も自身も
軽々と超えて
自在の先々へ

（十月十四日　晴　夢見ヶ崎）

木の気概

ふるえているのか
怖じ気ついたのか

此の岸辺から南へ
そよぐ　くすの木

いいえ武者ぶるい
勇々心気をためて

呼んで招いている
成し遂げたい試練

岸の波を返そうと
樟脳をほこる木楠

弱い気　譲る気に
羨ましいぞ戦ぐ楠

（十月十五日　曇晴　渋川岸）

ボランティア

淡く微かな
漣はのぞみ
許多の常業
これまでが
恩恵の月日

真っ直ぐに
上流の西山
仰ぎながら
礼を述べる
竹箒と一緒

（十月十六日　曇　今井河岸）

かわりなく

今どのあたりから
じっと　こちらを
見ているのだろう

樹の節々　置き石
道標　円いポスト
記憶の内の　人々

確かにそこにいて
こちらに向かって
目を見開いていた

（十月二十一日　曇晴　今井並木で）

心境

協力しているのか
自立していたのか

石が二つ　水際に
一方は先が尖って
他方は先がまるい
川原辺に並ぶ二つ

川の呼び名は境川
東は高洲と言って
西は美浜と言った

東西どちらの人も
まるい石に坐って
尖った石を眺める

唯水を見ています
それぞれの　石は
同じことを言った

（十月二十二日　曇晴　境川）

風光明媚

白昼以上
悠々陽光
日輪以上
鋭い直射
光を放ち
一直線に
疾走する
軽自動車

これこそ
文明昨今
そうそう
河岸の波
変らない
遥か時の
果てから
対岸へと
寄せる風

（十月二十三日　晴曇　多摩川岸）

恩恵を空に

思い切った美しさ
思い切った陽射し

光を映して漣立つ
枯れ桜の枝が覗く

軽鴨や鳩の呼び声
流れが呼ぶ有終美

秋風を招き燦めく
間もなく暗渠口へ

水源から河口まで
遠い恵み空に返す

（十月二十四日　晴曇　伊勢橋脇）

源流　遠望

速さよりも
風情よりも

走って走る
流れ流れる

河口の先は
遠々と洋上

進む向こう
遥かに天空

西方山から
明けの東へ

（十月二十五日　晴曇　多摩川流域）

こころね

深みと青さと

風はすずやか
流れて来る水
澄みきり先へ

それでも名は
「にごり川」

名まえ以上の
名まえの外を
知るのだろう

かる鴨の群れ
鳩の仲間たち

木の間がくれ

（十月二十六日　晴曇　にごり川）

笛吹川異聞

姿は見えない
音色がみえる
霧よりも白く
風よりも低い
確かな流れに

笛吹き権三郎

吹き手の影は
見えなくても
伝説の人影は
皆知っている
笛吹き探す姿

遠くても近い
五百年の月日
切々と嘆く心
今まだここに

生きつづける

大あらしの夜
波に消えた母
笛を吹きつつ
尋ねて自身も
闇の瀬に沈む

笛吹き権三郎

目をつむると
確かにみえる
笛を吹いては
未だ母を探す
波間に映る影

（十一月一日　晴曇　笛吹川下流）

うきしずみ

川波に乗り
ゆらゆらと
紅葉の一枚
ゆうゆうと

ゆれながら
世をわたる
ゆれゆれて
波のような

（十一月二日　曇雨　今井の岸）

青葉を探し

真っ直ぐに
伸びる雨脚
曲った水糸
一筋横ぎる

平らな流れ
水面の一翼
波立つ水泡

甦る青葉色
紅葉の内に
青い葉一枚
求めて辿る
秋並木の岸

（十一月三日　雨曇　今井並木再び）

流れてこそ

よどみにも
ならいにも
とどまって
つづけては
すごせない
としつきひ

流れすすむ
風のように
波のように
時のように
とめどなく
見事なもの

（十一月四日　晴曇　渋川）

木かげ人かげ

丘陵の南は
下り坂だった
軽い安堵の
吐息をひとつ
目の先には
緑地が拡がる

陰の小山脇
和やか白い谷
緑陰が淡い
早春は午前の
ような日和
晩秋に曲折し

光る枝ぶり
芳香の漂いか
枝一本ずつ
視線で追うと
梅林だった
寒暖に息づき
過ごす四季
五本七本十本
二十二本か
数えて探した
陰の一もと
私に似た木を

谷間の梅に
私に似た木は
一本もない
ああ　困った
ような惑い
そうでしたか

（十一月五日　晴曇　大倉梅林）

かわなみこえて

かぜもひかりも
ひかりもかげも
合い集まっては
離れては別れる

どこかかたくな
念いに浮かべて
一つの夢を辿る
みんなごめんね

（十一月六日　晴曇　矢上川）

間に間の声

植木ひともと
庭石のひとつ
見わたす限り

どれも無表情
それぞれ一石
いずれも一木

黙ったままの
百三十八年前

人は物語るが
時間は寡黙だ
苑を拓いた人
声はほのかに
風の間に間に
遠く近く続く

（十一月十一日　曇晴　大倉苑再び）

生きた時

なぜそう呼ぶ
臥龍の小机城
瞑想で雲松の
許に近寄った

墨筆の走る音
文武両道の主
若い城代の眉
秀麗な眼光が
想いに浮かぶ

文机に向かい
望みをなぞる
第四代の城代
笠原重政の影

戦国を超えて
発止と青年姿
頭髪は渦巻き
諸手は前方へ
艱難も凌いで

追い続ける夢
自力と命運と

勇姿が浮かぶ
時代を越えて

（十一月十二日　晴曇　港北小机遠望）

繞る晩秋

確かな拡がり
高々と深々と
どこまで碧空

見上げる紅葉
散り尽くして
並木の今井川

真っ直ぐ仰ぐ
頭上に近々と
再会する碧空

（十一月十三日　快晴　今井川北岸）

日に日ごと

移るきせつ
並木みちは
最初のみち

いくたびも
くりかえす
日毎の紅葉

どの枝葉を
のぞんでも
最初のみち

（十一月十四日　晴曇　今井並木）

大やしろ

神様がすぐそこに
いらっしゃるよう

深々として常緑樹
雅やびやかな森陰

如何したことかと
大きく吐息が一つ
ああここまで幾歳
唯無為な私でした

（十一月十五日　晴曇　神宮）

夕やけは西

行き過ぎて東

西に住んだ日
東を眼指して
切に切に希む
東へ東へ進み
月日を重ねた

遠く顧みる西

変えない念い
それでも日々
陽は西へ沈む
夕陽が美しい
幾度も夕やけ

（十一月十六日　晴　多摩川東岸）

それこれなにか

一ぴきのさかな
それさえいない

貸したり借りて
少年二人は魚網
兄と弟だろうか
仲よしの友だち

この季節この川
さかなはいない

それでも掬って
なにかをさがす

「あっ捕ったよ
これ大きいよ」

そう　夢のよう
友情のようにも

（十一月二十一日　快晴　渋川）

バックミラーに映る紅葉

晩秋が後追いかけて来る
左右は自在だから慎重に
右にも左にも曲らないで
真っ直ぐ前方に向き走る
安心のようで懸命なのだ

そう　ひとつのゆくみち
行く先になにかが見える

ひとつの　いくはるあき
ひとすじ　いくはるあき

（十一月二十二日　快晴　今井上橋）

たそがれてのちは

夕闇に沈んでゆく
見馴れた川の面も
聞き慣れた水の音

仰ぎ見る檜木さえ
葉擦れの音もなく
枝々の影さえない

閉ざされた東の空
星か残照　いいえ
あれは近づく明日

（十一月二十三日　晴曇　渋川）

呼びかけて

川波に追われながら
うた（詩）をうたう
うたいつつお目当て
追いかけて止まない

いいねえ軽鴨さんは

思ったとおり跳んで
思うまま詩をうたう
それなりの労苦など
あるだろうけれども

詩も声も闊達だから

（十一月二十四日　晴曇　二ヶ領水）

つねづね

山鳩一羽
紅葉一枚
横雲一筋

水に映し
唯一途の
二ヶ領水

今の時間
今の健康
限りあり

今日学び
今日為事
限りなく

（十一月二十五日　晴曇　今井川）

かもめブリッジ

岸から
未来へ

さきざき
のぞみへ

渡って
たどる

日々確か
はばたく

皆様に
ご一緒

（十一月二十六日　晴曇　横浜港）

あとさきの水

ゆらゆらと
ゆうゆうと
流れてきて

ゆうゆう
ゆらゆら
流れゆく

甲斐アルプスから
羽田空港の沖まで
もっと先の水平線

今ここは
多摩川岸
水は憩う

ここからも
ゆらゆれて

これからも

（十二月一日　曇晴　多摩川南岸）

こせい　あふれて

川風に浮かんだ帽子
砂利岸に沈んだ帽子
拾い上げ帽子を見た
掃い落とす砂を見た

同じようなそれぞれ
みな違ってそれぞれ
いろもかたちも様様
大きさも重さも様様

いとおしい砂の個性
聞こえてくる叫び声
教えてくれた砂利と
風と帽子に凝視した

（十二月二日　曇晴　今井川）

ふかいなさけ

篤みのある水
ゆるやかな川
留まった流れ

軽がも野ばと
憩う山すずめ

休ませながら
黙ったまま淀
静寂に息づく

ただ願う虚心
深々尽きない

（十二月三日　晴曇　巽橋）

似たもの

一本横に
蜘蛛の巣
波の上に

陽の光が
往ったり
来たりと

繰り返し
暫くして
繰り返す

軽鴨も
野鳩も
知らない

（十二月四日　曇晴　にごり川）

伝ふえふき川

影は見えない
音色がみえる
霧よりも高く
風よりも低い
確かな波笛だ
吹き手の姿は
見えなくても
その名は誰も
皆知っている
笛吹き権三郎

遠くても近い
七百年の時間
切々と嘆く心
今まだ川波に
生きつづける
大あらしの夜
荒なみの川岸

笛を吹いては
大波に消えた
母を探し自身
闇の瀬に沈む
目をつむると
確かにみえる
笛を吹いては
今も母を探す
少年のすがた
笛吹き権三郎

（十二月五日　晴曇　ふえふき川）

ましますいらか

森は清楚で
梢は控えめ
陽光を迎え
北風を送る

帽子を持ちかえる私
額に浮かぶ大粒の汗
限りなく大きな志を
お持ちになるやしろ

今をご存知
役もご判断

参道の奥に
まします甍

（十二月六日　晴曇　一の坪社）

まゆ上げて

続く遠い風景
浮かぶ町並み
静かな屋根瓦
やがて遥かに

秩父の山なみ

眉あげて車窓

高々と悠々と
たなびく旗雲
西山の大自然
ゆっくり稜線
安堵ふと吐息

（十二月十一日　晴曇　車窓から）

いまよりさき

「今」が疼く
過ぎればいい

「後」に確か
希みあるから

確かに人々は
今を生きるが

今よりも後が
どんな好日か

よくよく知る
日が続くのだ

希みの先の夢
かも知れない

（十二月十二日　晴曇　伊勢橋）

二ヶ領無限

澄む水の
澄む流れ
ふりかえると
四百二十年前
人々の時
山河の時

遠く限りない
想像の向こう
清い川の
清い行方
その先は
新たな人々が
築く橋と時代
限りない
流れの先

（十二月十三日　晴　二ヶ領用水）

ひたすら友

延々と上流

一本一枝の
草葉の揺れ
微風が辿る
岸辺の波に
押され西へ

遥か親しみ

ゆるやかに
流れは進む
晴れた日の
寡黙な瀬音
多摩川の水

（十二月十四日　晴曇　多摩川）

かりんの　み

むらがる葩水木
わくら葉の影に
黄金の色溢れる
あまりの輝きで
花梨の実が一つ

おわりの秋の日
松杉　千両の朱

悠々と残る中に
淋しさ一つなく
たそがれ光益す

（十二月十五日　曇晴　今井並木）

いらえ

降り注ぐ
限りない
光が寄せ
光は反る

一面に緑地を
青春に染めて
季節を進めて
青い空へ還る

頂く希み
お返しを
この私も
蒼い雲へ

（十二月十六日　晴曇　等々力）

まなびや

閉めたガラス窓の
遠くも近い影の内

手を挙げた指先が
並び歓声があがる

学ぶことが多くて
未知のことばかり

過ぎた日を忘れて
瞬間に夢中だった

閉めたまま遥かな
遠いカーテンの窓

耳を澄ますと微か
内気な児童の声が

（十二月二十一日　晴曇　住小並木）

ゆめ　うつつ

咳が一つ出た
いやだいやだ
二つ咳が出た
コロナ禍かな
さらにいやだ
と言いながら
ふと　思いに
浮かんだのだ

歴史が自然に
人々が世界に
対しどうして
きたか過去を
未来に拓く姿

拙い自分自身
果敢に凌んで
いかなければ

（十二月二十二日　曇晴　コロナ・ニュースの日）

あさ　ひる

ある朝

いけばな
せんりゅう
のどじまんへと
先の先へ
心がはずむ
できないけれど

ある昼

葉が落ち
枯枝の桜木

ふと　眺めると
残り葉が
ゆらめいて
誰か待っている

続く日

だまった
まま見ると
小声が聴こえた
わたしは
あした葉に
なりたいのです

（十二月二十三日　晴曇　やぐら橋で）

そっと収録

グリーン淡く
あなたさまは
お好みですか

青葉と書きます
青春と言います

そこはかなく
グリーン好み
わけもなくて

萌える若葉いろ
萌えるスタート

失敗ばかりで
今から始める
季節グリーン

緑葉でしょうか
緑春でしょうか

私用の辞典に
小文字そっと
収めこれから

（十二月二十四日　晴曇　二ヶ領用水）

うたごころいく多

秋晩くとも
岸辺たんぽぽ
今も咲きつつ

はっと目を見張る
よくよくながめた
まだまだ咲く一輪

たま川の土手に
たんぽぽ咲く頃は
われにも想う
人のあれかし

そう歌った人
まぶたに映る
季節は同じで
ないけれども

（十二月二十五日　晴曇　二子たま川）

しののめ

風は沈み
波は消え
それでも
石に似て

いつまで
そうして
いるのか
動かない

広い背筋
長い尾鰭
黒い川鯉
だろうか

止まって
浮く背中
枯れ葉を

二枚乗せ

「こんな
歳月日が
あれば」
吐息一つ

さあ明日
そう今日
これから
鯉に似て

（十二月二十六日　晴曇　井田）

あとがき

ありがとうございます。

このような詩作品ができましたのも、皆様のお陰さまです。

その日その時、その場やそのところで、いつも思いに湧く皆様に、もう一度お礼申し上げます。春先生・夏様・秋さん、ありがとう存じます。

教えてくださり導いていただいた現在までの時代に、かさねてお礼を申し、待っていて問いかけてくださるこれからの時代に、感謝したいと思います。

武子和幸先生には、亦このように重ねて三たび御高文を賜わりました。お心を籠めて懇切にお書き下さいました玉稿です。わたくしのこころの内でひもとく〈詩の教科書〉に掲げて以後久しく大切にしてまいります。真にありがとうございました。

株式会社東方社代表・浅野浩先生には、『覚む録』につづいて此の度も二百十六編以上の拙稿を見事に活字化して頂きました。重ねてありがとうございました。

お読み戴きました皆様には、あれもこれも日々お為事がいっぱいで御多用と存じますのに大切なお時間をついやして頂きお礼申し上げます。皆様の御健康お祈りしてやみません。

中村吾郎

著者略歴

中 村 吾 郎（なかむら ごろう）

山梨県東八代郡（現在、笛吹市）生まれ。

村立（現在、町立）一宮小・中学校で学び、同郡境川の玉川玉堂師の許に通う。

東山梨郡井尻ご出身の土橋治重先生の薫陶を受ける。

のち、日本詩人クラブ、日本現代詩人会、日本ペンクラブ、山梨県詩人会へ推薦していただく。以後、多くの詩人・作家のかたがたの作品に学び、今も、新たな創作の日日に向かって進んでいる。

詩集　一文詩語録《ひふみしごろく》

2021年12月31日　初版第１刷発行

著　　者　中 村 吾 郎
発 行 者　浅 野　　浩
発 行 所　株式会社 東 方 社
〒358-0011　入間市下藤沢1279-87
電話・FAX　(04) 2964-5436
印刷・製本　株式会社 興 学 社

ISBN978-4-909775-07-8 C0092 ¥2500E